Genesis Reyes

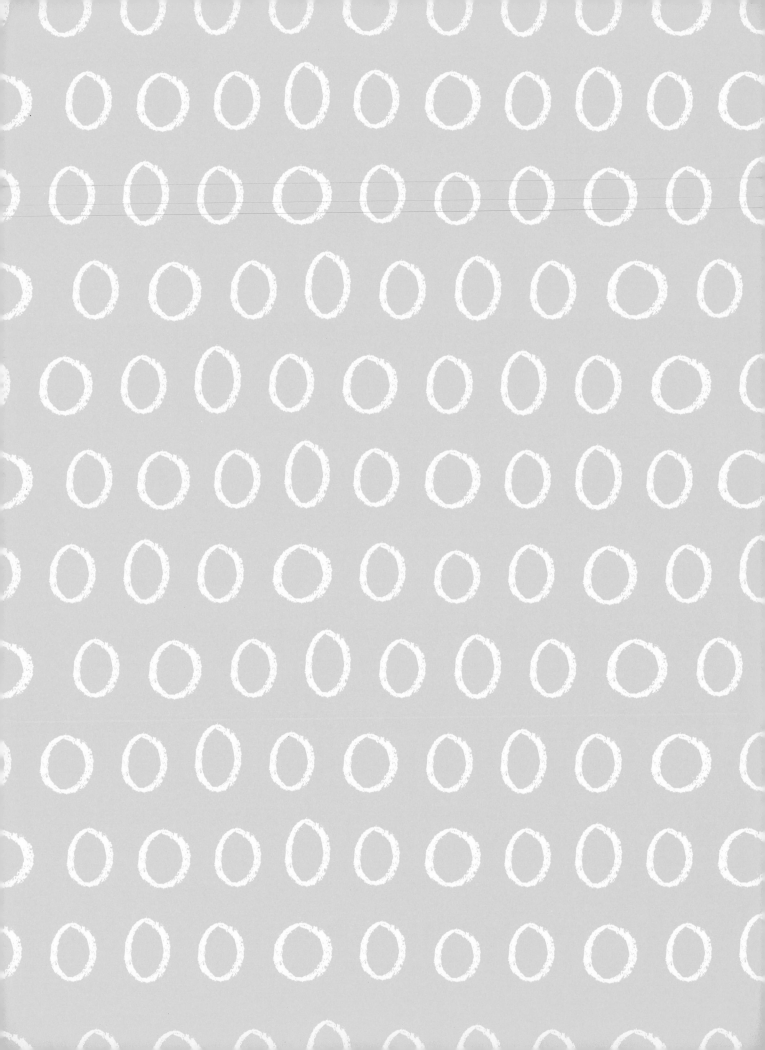

Pulpo guisado

ERIC VELASQUEZ

HOLIDAY HOUSE • NEW YORK

Cuando abuela vio mi pintura de Súper Pulpo, se le ocurrió hacer pulpo guisado, que no era precisamente mi plato favorito.

—Pero papá es quien hace eso —dije.

—Mira tú —me replicó abuela—, yo he estado haciendo pulpo guisado desde que tu papá era un niño.

No quería que se disgustara, así que no le hice más preguntas.

Más tarde, mientras jugaba a Súper Ram con Chana, abuela me dijo que me preparara para ir de compras con ella. Entonces, me miró de arriba abajo.

—Pero, ¿qué es eso? —dijo—. Muchacho, te has vuelto loco si piensas que vas a acompañarme a la pescadería vestido con esa capa.

En la pescadería, vi un montón de pescados fantásticos. Les tomé fotos, para luego averiguar más sobre ellos.

Abuela escogió el pulpo más grande que encontró.
Dijo que era el mejor de todos, aunque a mí me
parecía vivo y la verdad… un poco espeluznante.

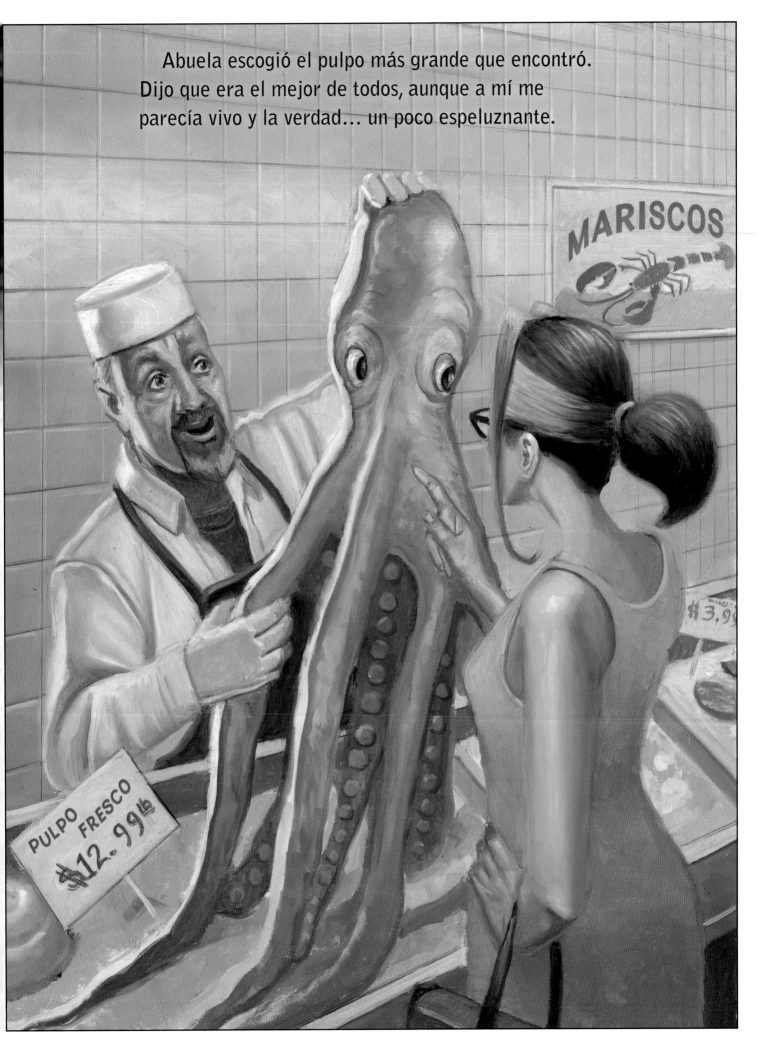

Empecé a navegar en la
red cuando apareció una
advertencia sobre los pulpos
en mi pantalla.

Traté de decírselo a abuela,
pero no me dejó hablar.
—¿Cuántas veces te tengo
que decir que no saques esa
cosa del bolsillo cuando
salgas conmigo? —dijo.

Ya en casa, abuela desenvolvió el pulpo, lo restregó
bien y lo puso en una cazuela de agua hirviendo. Yo
traté de mantenerme apartado de su camino.

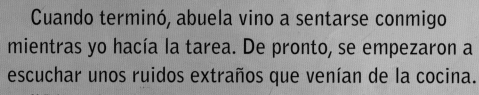

Cuando terminó, abuela vino a sentarse conmigo
mientras yo hacía la tarea. De pronto, se empezaron a
escuchar unos ruidos extraños que venían de la cocina.

"Plip, plop, brrr, plip, plop, brrr".

—¿Que será eso? —se preguntó abuela—. Ram,
quédate aquí. Voy a ver.

Los sonidos eran cada vez más altos.
"*Plop, plop, plop, brrrr. Plop, plop, plop, brrrr*".

El pulpo había crecido tanto que
había volado la tapa de la olla.
—¡Abuela, tenga cuidado!
—le advertí.
—¡Escóndete! —gritó abuela—.
¡Escóndete!

¡PAM!

¡PAM!

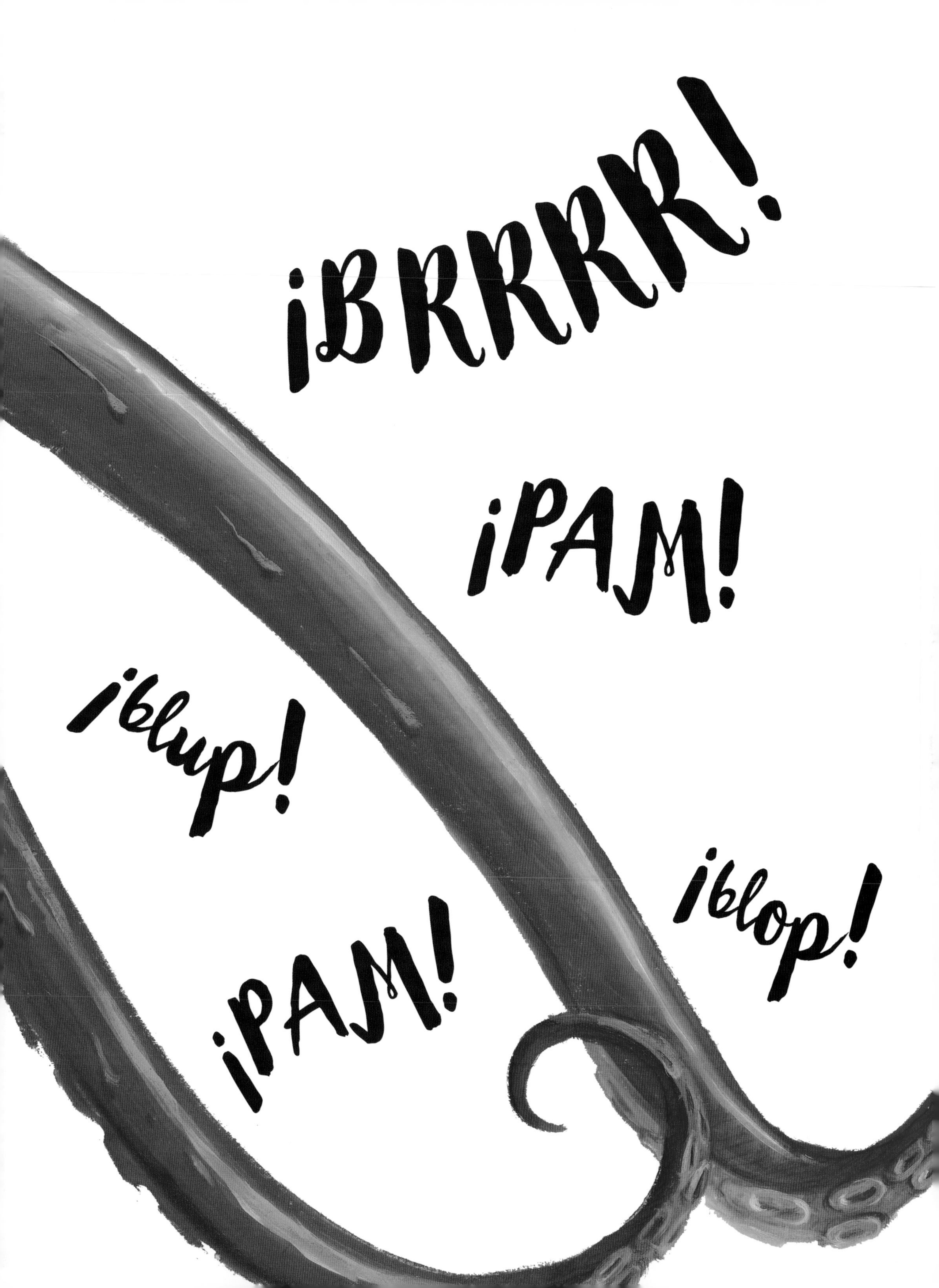
¡BRRRRR!
¡PAM!
¡blup!
¡blop!
¡PAM!

—¡Vámonos de aquí! —grité.

Pero era muy tarde.

Agarré me telephone y me escondí hasta que averigüé cómo rescatar a abuela. El pulpo tenía que tener un predador natural, algo a lo que temía. Busqué y busqué y al fin lo encontré: ¡tiburones!

Agarré mi cuaderno de dibujo y los marcadores y dibujé el tiburón más grande, más malo y más aterrador que pude.

Me puse la capa de Súper Ram y me dirigí a la cocina.

—¡Suelta a mi abuela ahora mismo! —grité.

Papá interrumpió.

—Pero, mijo, ¿tú no crees que te estás pasando un poco? Quiero decir, ¿pasó así?

El pulpo soltó a la abuela y atacó regando tinta por todo mi dibujo.

—¿Usted está bien? —le pregunté a abuela.
—Ram, ¿qué pasó? —preguntó abuela—.
Voy a limpiar este reguero.
No se daba cuenta de que había un pulpo
de veinte pies detrás de ella.

—Oye, papá, me desconcentraste. Esta noche me toca
a mí contar un cuento. ¿Puedo terminar, por favor?

Entonces recordé la advertencia que había visto en
mi teléfono y la leí en voz alta: "Importante, antes de
cocinar el pulpo, quítele los ojos y el pico...".

¡QUEEEEEEÉ!

—¿Cocinarme? ¿Quitarme los ojos y el pico? ¿Por qué?

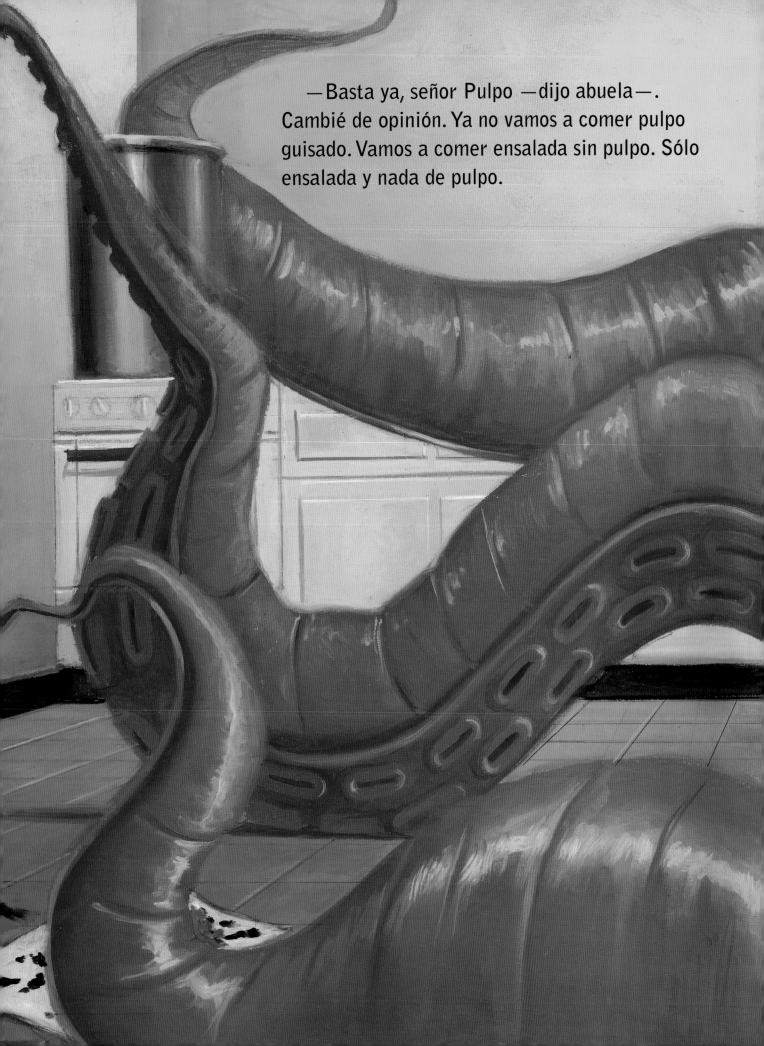

—Basta ya, señor Pulpo —dijo abuela—.
Cambié de opinión. Ya no vamos a comer pulpo
guisado. Vamos a comer ensalada sin pulpo. Sólo
ensalada y nada de pulpo.

Y el señor Pulpo comió con nosotros.

Cuando era pequeño, mi familia se reunía a menudo y disfrutaba de la comida, la música, el baile y las historias. Esos momentos eran maravillosos. A nosotros, los niños, nos animaban a contar cuentos, tocar instrumentos, cantar o bailar. La historia del pulpo es una de las favoritas de mi familia, casi siempre contada por mi papá, quien de verdad nos rescató una vez a mi abuela y a mí de un pulpo que se salía de la cazuela. En esta versión, quiero compartir con el lector el orgullo de la familia de Ramsey de ser afrolatina. El homenaje a su herencia africana se ve reflejado en la antigua tradición de contar cuentos, en su amor por el arte y por la cocina. A mí me encantaban los cómics y los programas de aventuras de Superman y Batman. Cuando visitaba a mi abuela, ella me dejaba usar mi capa de Superman (reciclada de un viejo disfraz de Halloween) todo el año, con el acuerdo de que me la tenía que quitar si alguien tocaba a la puerta o si íbamos a salir. Le puse Ramsey a mi personaje porque una vez le pregunté a mi mamá qué otro nombre le hubiera gustado ponerme. Ella mencionó varios nombres, entre ellos, Kwame, por Kwame Nkrumah quien, por las fechas de mi nacimiento, fue responsable de la independencia de Ghana, y también, Ramsey, que se deriva del faraón Egipcio Ramsés. Mi mamá decidió llamarme Eric por un maestro de secundaria que tuvo en Puerto Rico, que le enseñó inglés y le inspiró el amor por la lectura que la acompaño toda su vida.

·················· Receta de pulpo guisado ··················

Puedes preparar pulpo guisado siguiendo la receta del papá de Eric. ¡Que un adulto te ayude!

INGREDIENTES:

1 pulpo de aproximadamente 4 libras

1 limón

vinagre

1 hoja de laurel

½ cucharada de orégano

½ cucharadita de sal rosada del Himalaya (o al gusto)

aceite de oliva para engrasar el fondo de la olla

1 cebolla mediana, cortada

1 pimiento verde, cortado

4 dientes de ajo, machacados o cortados bien pequeños

1 pimiento rojo asado, cortado finito

½ taza de aceitunas rellenas, enteras o cortadas a la mitad

½ cucharadita de pimienta negra (o al gusto)

1 lata de salsa de tomate de 8 onzas

1 taza de agua

1 cucharadita de vinagre blanco

cilantro al gusto

Corta el limón a la mitad y restriega el pulpo suavecito, mientras lo enjuagas bajo un chorro de agua fría. Quítale los ojos y el pico y enjuágalo con agua y vinagre. Enjuágalo y quita el saco de tinta. (La mayoría de los pulpos congelados vienen sin el saco de tinta).

Combina la hoja de laurel, el orégano y la sal en una olla de agua y ponla al fuego hasta que hierva. El pulpo se puede poner en cuanto el agua empiece a hervir. Hierve el pulpo por 1½ hora o hasta que esté blando.

En una olla mediana, calienta el aceite de oliva y saltea la cebolla, el pimiento verde y el ajo. En cuanto las cebollas estén translúcidas, añade el pimiento rojo. Revuelve despacito mientras añades la salsa de tomate, la taza de agua, la sal, la pimienta negra, el cilantro, las aceitunas y el vinagre blanco. Ponlo a fuego lento.

Escurre el pulpo y déjalo enfriar un poco. La piel debe estar morada y salir con facilidad dejando al descubierto la carne ligeramente rosada.

Sobre una tabla, corta el pulpo en rodajas pequeñas. Añádelo a la salsa y déjalo a fuego lento de 30 a 40 minutos, revolviendo de vez en cuando.

Sírvelo sobre arroz blanco o sobre plátanos verdes hervidos.

¡Disfrútalo!

··

Para mi papá, mi primer maestro cuentacuentos, y para todos esos cuentacuentos jóvenes que continúan la tradición de compartir y contar historias.

Copyright © 2019 by Eric Velasquez
All Rights Reserved
HOLIDAY HOUSE is registered in the U.S. Patent and Trademark Office.
Printed and bound in July 2020 at Toppan Leefung, DongGuan City, China.
The illustrations were painted in oil on Fabriano 300 lb. hot press watercolor paper.
www.holidayhouse.com
First Edition
13 5 7 9 10 8 6 4 2

Library of Congress Cataloging-in-Publication Data

Names: Velasquez, Eric, author, illustrator.
Title: Octopus stew / Eric Velasquez.

Description: First edition. | New York : Holiday House, [2019]
Summary: Ramsey dons his superhero cape to rescue Grandma from the huge octopus she is trying to cook—or is he simply telling a story? Includes author's note on the story's origin and a recipe for Octopus stew.
Identifiers: LCCN 2019013411 | ISBN 9780823437542 (hardback)
Subjects: | CYAC: Grandmothers—Fiction. | Octopuses—Fiction.
Cooking—Fiction. | Storytelling—Fiction. | Hispanic Americans—Fiction.
African Americans—Fiction. | Humorous stories. | BISAC: JUVENILE
FICTION / Family / Multigenerational. | JUVENILE FICTION / People & Places
/ United States / African American. | JUVENILE FICTION / Cooking & Food.
Classification: LCC PZ7.V4878 Oct 2019 | DDC [E]—dc23
LC record available at https://lccn.loc.gov/2019013411

ISBN: 978-0-8234-3754-2 (English hardcover)
ISBN: 978-0-8234-4864-7 (Spanish hardcover)

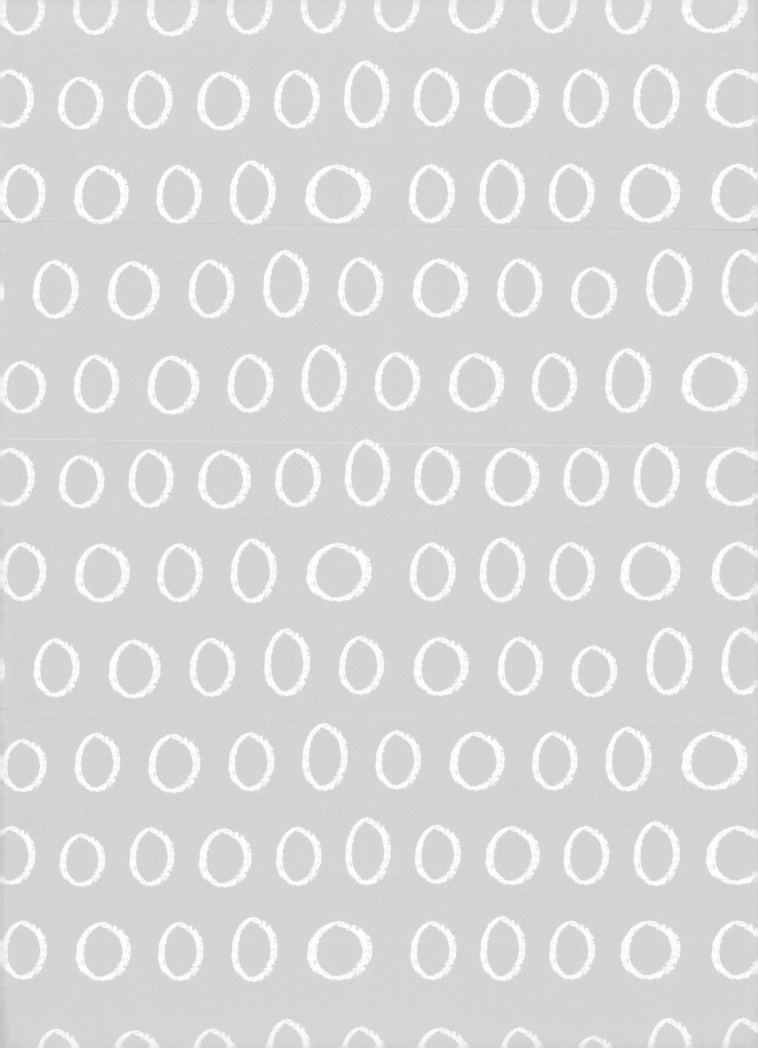

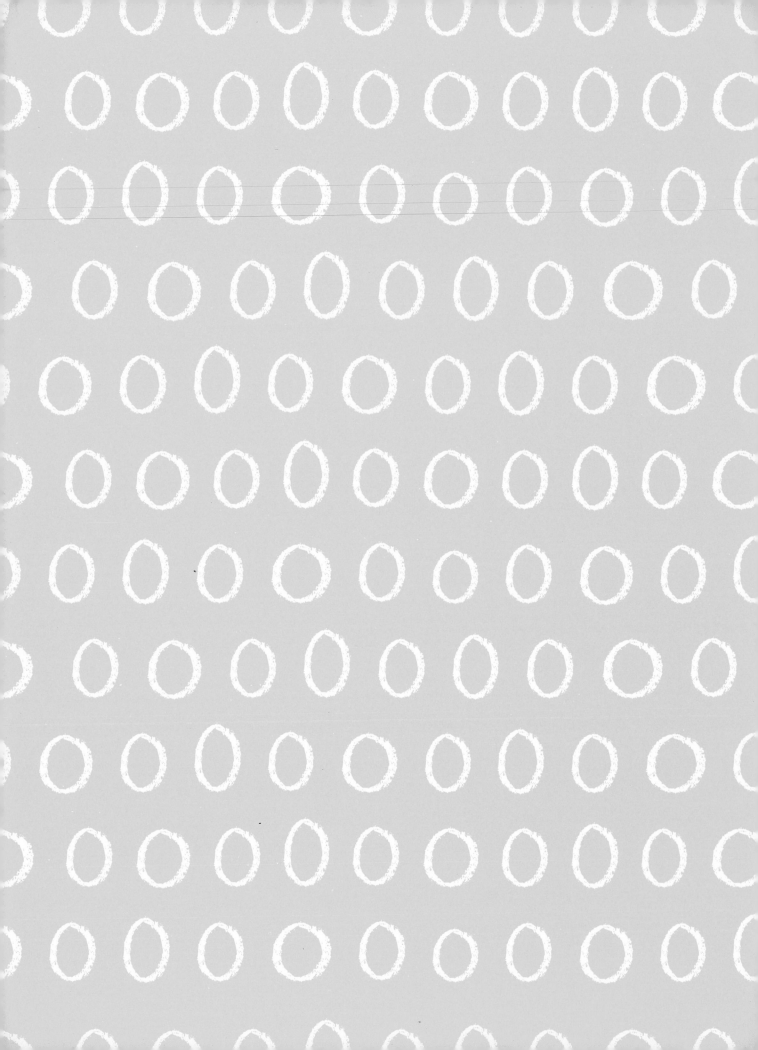